[illegible]

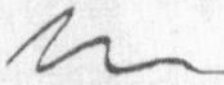

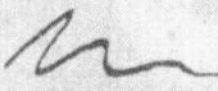

[illegible]

[illegible]